Succession Coquelin Cadet

Me FÉLIX ALBINET

MM BERNHEIM JEUNE

Succession Coquelin Cadet

CATALOGUE

DE LA

VENTE PUBLIQUE

TABLEAUX

Aquarelles Pastels Dessins

PAR

BÉRAUD, BLANCHE, BONNARD, BONVIN, BOUDIN, CARL-LARSSON, CAZIN (J.-C.), CAZIN (MARIE), CLAUS, CONSTANT (BENJAMIN), COROT, DAGNAN-BOUVERET, DENIS, DE NITTIS, DUEZ, DUVENT, FANTIN, FERRIER, FORAIN, FRIANT, GARDINER, GERVEX, GIRARDOT, JONGKIND, LEMAIRE (MADELEINE), LE SIDANER, LÉANDRE, LEVY-DHURMER, LHERMITTE, MAILLAUD, MUENIER, PILLE, PETITJEAN, PUVIS DE CHAVANNE, ROLL, SARGENT, SISLEY, SOROLLA Y BASTIDA, THAULOW, VAN BEERS, WALDECK-ROUSSEAU, VUILLARD, ZORN.

Tapisseries

Meuble par Carabin

& dont la vente aux enchères publiques aura lieu, à Paris

le Mercredi 26 Mai 1909
à deux heures et demie.

COMMISSAIRE-PRISEUR :	EXPERTS :
	Experts près la Cour d'Appel
24, rue d'Aumale, 24	*25, boulevard de la Madeleine,*
PARIS	*15, rue Richepanse; 36, avenue de l'Opéra.*

EXPOSITION : LE MARDI 25 MAI 1909, DE 1 H. 1/2 A 5 HEURES.

CONDITIONS DE LA VENTE

Elle sera faite au comptant.

Les acquéreurs paieront dix pour cent *en sus des enchères.*

PRÉFACE

Ceux qui ont connu, dans son intimité, l'excellent artiste et le charmant homme que fut Coquelin Cadet savent que chez ce comédien, toujours si distingué dans sa fantaisie la plus bouffonne, il y avait un amateur d'art très fin, très délicat et très averti.

On pourra s'en rendre compte en visitant la galerie qu'il s'était faite, la collection de ses tableaux préférés, que nous allons voir sur les murailles de l'Hôtel Drouot, après les avoir admirés dans le salon de l'éminent comédien.

Coquelin Cadet avait le goût des peintures d'avant-garde et le sens des œuvres que le public devait non seulement accepter, mais acclamer plus tard. Il devinait. Il ne suivait pas la foule, il la précédait. C'est ainsi que j'entendis pour la première fois prononcer par lui le nom maintenant illustre de Zorn. Il avait acheté des Cazin (et il était très fier de « ses Cazin ») à l'heure où J.-C. Cazin, ce maître exquis des doux crépuscules, débutait encore. Il m'apportait des peintures de F. Maillaud en soulignant avec enthousiasme tout ce qu'il y a de poésie dans la manière simple et profonde de l'artiste berrichon. Que ne disait-il pas, avec raison, de Maurice Denis à ses premières œuvres ! Coquelin Cadet aimait « ses peintres » comme il aimait ses amis, avec une tendresse attendrissante.

Et son goût, très sûr, ne le trompait jamais. Au théâtre, sa loge était un petit musée de choix. Il avait de lui-même beaucoup de portraits. Il aimait à se voir représenté par les maîtres de son temps et ceux-ci avaient plaisir à faire revivre, en des rôles divers, les traits de cet artiste si varié, si pittoresque, aux traits curieux, avec ce regard narquois et à la fois étonné, fouilleur en quelque sorte, qui, infailliblement, provoquait le rire. On trouvera de Coquelin Cadet des portraits par Jean Béraud (*Le Monologue* est un des meilleurs tableaux de ce peintre de la vie moderne), par Duvent, par Gabriel Ferrier, par Gervex, par J.-A. Muenier (un délicieux *Diafoirus*), par H. Pille, par Sorolla y Bastida (et je me rappelle la joie de Cadet pendant que le maître espagnol faisait ce portrait en plein air), par Zorn, par Duez, par Madeleine Lemaire, — pastel vivant, — par Léandre, un dessin par Puvis de Chavanne, enfin (et ce n'était pas le portrait qui plaisait le moins au bon Cadet), par Waldeck-Rousseau.

Waldeck-Rousseau, l'homme d'État artiste, avait donné en effet à Coquelin Cadet des aquarelles que je lui enviais. Il fit mieux : il ajouta un portrait de l'artiste à tous ceux que possédait Cadet. Sauf Garrick, « pourctraicturé » par tous ses contemporains, nul acteur n'eut plus de portraits que Coquelin Cadet, Coquelin aîné excepté peut-être. M. Friant fut l'Holbein nancéien de la famille.

Toutes ces toiles, ces pastels, ces aquarelles, ces œuvres, on les retrouvera avec des plâtres et des bronzes, — le *Gambetta* de Carriès, et cet homme au large chapeau, qui devait être un vieux comédien, disait Cadet, et qu'il appelait « Brichanteau » — des tapisseries de verdures et un meuble de Carabin, dans la vente prochaine.

Il est triste de voir se disperser la collection faite avec un amoureux discernement par un ami disparu. D'autres collectionneurs se disputeront ces Bonvin, ces Boudin, ces Corot, ces Dagnan, ce de Nittis, ce Fantin, ce Jongkind, ce Roll, ce Sargent, ce Sisley, ce Van Beers, toutes ces œuvres dont voici le Catalogue, et dont chacune mériterait d'être spécialement signalée. Mais c'est Coquelin Cadet qui aura eu le mérite de les assembler pour eux et à tous les titres de cet artiste si original, qui fut à ses heures un écrivain humouristique délicieux, il faut ajouter celui-ci, qui n'est pas des moindres et que son frère aîné partagera avec lui : *amateur d'art*.

Et les connaisseurs auront, en emportant un souvenir de Coquelin Cadet collectionneur, la joie de se dire que l'œuvre d'art, vraiment supérieure, faisait partie de la galerie d'un homme qui, encore une fois, savait choisir, si bien que la vente Coquelin Cadet sera un dernier succès pour le comédien aimé qui fut si applaudi et reste et restera si populaire.

JULES CLARETIE.

6 Mai 1909.

DÉSIGNATION

TABLEAUX

BÉRAUD (J.)

1. — Portrait de Renan.

Signé en bas à droite.

Bois. — Haut., 33 cent. ; Larg., 25 cent.

BÉRAUD (J.)

2. — Coquelin Cadet dans le rôle de Sylvestre des *Fourberies de Scapin.*

Coquelin Cadet est en bottes rabattues de couleur chamois, en culotte rouge et veste bleue avec des manches rouges, une collerette blanche et un large feutre noir, agrémenté de plumes rouges. Un long manteau tombe sur son épée, relevée par sa main gauche, posée sur la garde.

Signé en bas à droite. Daté 1877. Dédicace.

Toile. — Haut., 65 cent. ; Larg., 36 cent.

BÉRAUD (J.)

3. — Le monologue.

(Voir la reproduction)

. . . Dans un salon, Coquelin Cadet, debout devant le piano, amuse l'élégante assistance, avec ses joyeux monologues.

Signé à droite. Daté 1882.

Toile. — Haut., 52 cent.; Larg., 71 cent.

Jean Béraud

Procédé Bernheim Jeune

Le Monologue

BLANCHE (J.-E.)

4. — Fillette.

... Une petite fille, habillée de rouge, assise sur une chaise, tient un bouquet de violettes dans sa main droite. La tête, légèrement inclinée, est encadrée de cheveux châtains.

Signé en bas à droite.

Toile. — Haut., 41 cent. ; Larg., 52 cent.

BLANCHE (J.-E.)

5. — La truite saumonée.

... Sur une table de salle à manger, une truite saumonée est placée sur un plat d'argent à côté d'une saucière. En arrière, un verre et une assiette avec un couteau. A droite, des fleurs dans un pot.

Signé J.-E. B. 96, en bas à droite.

Toile. — Haut., 54 cent. ; Larg., 72 cent.

BONNARD (P.)

6. — Jour férié.

... Devant les magasins fermés, la foule se promène. Deux victorias passent devant une maison dont l'un des battants de la porte est ouvert.

Signé en bas à gauche.

Carton. — Haut., 24 cent. ; Larg., 40 cent.

BONVIN

7. — La récureuse.

... A droite, une femme en cotillon rayé noir et blanc, camisole rouge, tablier à bavette et bonnet blancs, est en train de récurer un chaudron placé sur un tonneau. Sur le plancher, on remarque un plat, un chaudron renversé et une bouillotte. Au fond, à gauche, une porte ouverte laisse voir une cuisine.

Signé en bas à droite. Daté 1878.

Bois. — Haut., 35 cent. ; Larg., 25 cent.

BOUDIN (E.)

8. — Le port de Trouville.

... A marée basse, un petit filet d'eau, sur lequel flottent quelques barques, coule entre les jetées de Trouville et de Deauville. Dans le fond, des bateaux voguent en pleine mer.

Signé en bas à gauche. Daté 94.

Bois. - Haut., 28 cent.; Larg., 23 cent.

CAZIN (J.-C.)

9. — Garenne d'Equihen.

... Une mare est située au milieu de champs valonnés. De hautes herbes poussent près de ses bords et se reflètent dans l'eau. Au fond, des hauteurs boisées.

Signé en bas à droite.

Toile. - Haut., 46 cent.; Larg., 38 cent.

CAZIN (J.-C.)

10. — Reclozes.

(Voir la reproduction)

... Une barrière, à claire-voie, sépare un champ de blé d'une prairie. En arrière, à gauche, une meule et des bouquets d'arbres.

Signé en bas à droite.

Toile. — Haut., 41 cent.; Larg., 32 cent.

CAZIN (J.-C.)

11. — Cabane des douaniers à Equihen.

(Voir la reproduction)

... Au bord de la mer, une barque de pêche est échouée sur le sable, à côté d'une guérite de pierre. A droite, de hautes herbes. Dans le ciel, brille un croissant de lune.

Signé en bas à gauche.

Toile. — Haut., 41 cent.; Larg., 32 cent.

Cazin

Procédé Bernheim Jeune

Cabane des douaniers à Equihen

Cazin

Procédé Bernheim Jeune

Reclozes

CAZIN (J.-C.)

12. — Le 14 juillet à Reclozes.

... Dans une rue, pavée de grosses pierres, des rangées de lampions et de drapeaux, tendus entre les maisons, forment des taches multicolores.

Signé à gauche. Daté 188[illegible].

Toile. — Haut., 46 cent., Larg., 38 cent.

CAZIN (J.-C.)

13. — Les blés.

... Devant un fond de verdure, des corbeaux cherchent leur nourriture dans un champ de blé où des bottes de paille sont liées de place en place.

Signé en bas à gauche.

Toile. — Haut., 52 cent. ; Larg., 68 cent.

CAZIN (J.-C.)

14. — Entrée d'Arbonne.

(Voir la reproduction)

... Une route mène à un groupe de fermes formant le village. La lune disparait peu à peu derrière les maisons.

Signé J.-C. C. en bas à droite.

Toile. — Haut., 46 cent. ; Larg., 56 cent.

Cazin

Procédé Bernheim Jeune

Entrée d'Arbonne

CAZIN (MARIE)

15. — Paysage.

Signé en bas à gauche. Daté 1904.

Fresque. — Haut., 33 cent.; Larg., 28 cent.

CLAUS (E.)

16. — Effet de neige.

... La neige est tombée à gros flocons dans un jardin où quelques arbres sont plantés. En arrière, une tonnelle s'élève devant des maisons. A droite, une colonne.

Signé en bas à droite.

Toile. — Haut., 33 cent.; Larg., 41 cent.

CONSTANT (BENJAMIN)

17. — Byzantine.

... Une femme nue est assise sur un trône, avec un diadème et des pendentifs dans ses cheveux défaits. Ses vêtements sont placés près d'elle, à droite.

Signé en haut. Dédicace.

Bois. – Haut., 42 cent. ; Larg., 24 cent.

COROT

18. — Le Temple (Souvenir d'Italie).

... Sur des fondations élevées, on voit les ruines d'un temple antique, de style corinthien. En arrière, des collines boisées.

Signé en bas à gauche.

Toile. – Haut., 38 cent. ; Larg., 27 cent.

DAGNAN-BOUVERET

19. — Paysage.

Signé en bas à droite.

Bois. — Haut., 19 cent. ; Larg., 22 cent.

DENIS (MAURICE)

20. — Adoration à la Vierge.

... A droite, la Vierge auréolée, puis deux enfants de chœur, portant des cierges. A gauche, un prêtre tenant dans ses mains un livre saint. A travers les carreaux d'une fenêtre, on aperçoit la campagne.

Signé en haut à droite.

Toile. — Haut., 27 cent. ; Larg., 40 cent.

DENIS (MAURICE)

21. — A table.

... La famille est réunie autour de la table, que recouvre une nappe rouge.

Signé en haut.

Carton. — Haut., 18 cent. ; Larg., 13 cent.

DE NITTIS

22. — Au Bois de Boulogne.

... Une jeune femme, le visage dissimulé sous une voilette transparente, regarde les cygnes qui nagent sur le lac, bordé d'arbres.

Signé en bas à gauche.

Toile. — Haut., 65 cent. ; Larg., 43 cent.

DUEZ

23. — Femme en bleu.

Signé en bas à droite. Dédicace.

Bois. — Haut., 24 cent. ; Larg., 16 cent.

DUVENT

24. — Portrait de vieille femme.

Signé à gauche. Daté 92.

Toile. — Haut., 43 cent. ; Larg., 29 cent.

DUVENT

25. — Coquelin Cadet dans le rôle d'Argan du *Malade imaginaire*.

Signé en bas à gauche. Daté 91.

Toile. — Haut., 40 cent. ; Larg., 28 cent.

ÉCOLE ITALIENNE

26. — Portrait de femme.

Toile. — Haut., 84 cent. ; Larg., 50 cent.

FANTIN-LATOUR

27. — Nature morte.

(Voir la reproduction)

Un plat de porcelaine blanche, avec des dessins bleus, contenant du raisin noir et blanc, est posé sur une table. A droite, une pomme rouge. Au premier plan, une grappe de raisin.

Signé en haut à droite.

Toile. — Haut., 39 cent. ; Larg., 52 cent.

Fantin-Latour

Procédé Bernheim Jeune

Nature morte

FERRIER (GABRIEL)

28. — Coquelin Cadet dans le rôle de Basile du *Mariage de Figaro.*

... Il est représenté dans le costume classique, qui se compose d'un long habit noir, d'une large cravate blanche et d'un haut bonnet noir.

Signé en haut à droite. Daté 1881. *Dédicace.*

Toile. — Haut., 64 cent. ; Larg., 29 cent.

FRIANT (E.)

29. — Nancéienne.

... Dans une rue de Nancy, où jouent des enfants, une jeune femme, en robe noire et chapeau de fourrure orné de plumes, est vue à mi-corps.

Signé en bas à droite. Daté 87.

Bois. — Haut., 56 cent. ; Larg., 37 cent.

FRIANT (E.)

30. — Dans les nuages.

... Les filles d'Éros tournent autour d'un ballon, qui traverse les nuages, leur domaine.

Signé en bas à droite.

Bois. — Haut., 27 cent. ; Larg., 22 cent.

GARDINER (A.)

31. — La cathédrale.

Signé en bas à gauche.

Toile. — Haut., 81 cent. ; Larg., 60 cent.

GERVEX (H.)

32. — Portrait de Coquelin Cadet.

... Cadet est représenté en redingote et chapeau haut de forme, les mains dans les poches, la tête légèrement tournée.

Signé en bas à gauche.

Toile. — Haut., 47 cent. ; Larg., 26 cent.

GIRARDOT (L.-A.)

33. — Vieilles fortifications de Tanger.

Signé en bas à droite. Daté 1888.

Toile. — Haut., 31 cent.; Larg., 81 cent.

LE SIDANER

34. — Cour de ferme en hiver.

... Au fond, la porte ouverte de la ferme, surmontée d'un étage où l'une des fenêtres est éclairée. A droite et à gauche, des bâtiments. Le sol est recouvert d'une épaisse couche de neige.

Signé en bas à gauche.

Bois. — Haut., 28 cent. ; Larg., 35 cent.

MAILLAUD

35. — Sur le quai.

Signé en bas à gauche.

Toile. Haut., 38 cent. ; Larg., 46 cent.

MAILLAUD

36. — Nohant.

Signé en bas à gauche.

Carton. — Haut., 40 cent. ; Larg., 32 cent

MUENIER (J.-A.)

37. — Coquelin Cadet dans le rôle de Thomas Diafoirus du *Malade Imaginaire.*

Signé en bas à gauche. Daté 1890.

Toile. — Haut., 52 cent. ; Larg., 30 cent.

MUENIER (J.-A.)

38. — La route.

... Sur une route montante, bordée de champs, un homme marche à côté d'une voiture. A droite, une maison.

Signé en bas à droite. Daté 1890.

Toile. — Haut., 37 cent. ; Larg., 42 cent.

MUENIER (J.-A.)

39. — Le pont.

. . La rivière coule sous un pont, sur lequel un vieil homme marche péniblement. En arrière, des hauteurs boisées.

Signé en bas à gauche. Daté mars 1899.

Toile. — Haut., 65 cent.. Larg., 81 cent.

PILLE (H.)

40. — Coquelin Cadet dans le rôle de Frédéric, de *l'Ami Fritz*.

Signé en bas à droite.

Toile. — Haut., 81 cent. ; Larg., 65 cent

PETITJEAN

41. — Anvers.

Signé en bas à droite.

Toile. — Haut., 38 cent. ; Larg., 60 cent.

PETITJEAN

42. — Boulogne.

Signé en bas à gauche. Daté 1888.

Toile. – Haut., 48 cent. ; Larg., 68 cent.

ROLL

43. — Coucher de soleil à Quiberville.

... Un paysan traverse des champs, où serpente un cours d'eau. Dans le fond, le soleil rouge disparaît peu à peu à l'horizon.

Signé en bas à droite.

Toile. – Haut., 56 cent. ; Larg., 82 cent.

SARGENT

44. — Sortie d'église, en Espagne.

(Voir la reproduction)

... A gauche, une maison rouge avec des arcades et des piliers. Au fond, l'église toute blanche, avec une petite porte par laquelle sortent des femmes. Au milieu de la place, une fontaine. Au premier plan, trois femmes en mantes noires.

Signé à droite.

Toile. **Haut., 56 cent. ; Larg., 85 cent.**

Sargent

Procédé Bernheim Jeune

Sortie d'église en Espagne

SISLEY

45. — Le canal du Loing.

... A gauche, des champs avec une cabane et deux personnes. Dans le fond, des maisons et des arbres. A droite, un bateau amarré à la rive. Tout à fait à droite, des maisons.

Signé en bas à gauche. Daté 1887.

Toile. — Haut., 58 cent. ; Larg., 55 cent.

SISLEY

46. — Moret.

(Voir la reproduction)

... A gauche, un pavillon parmi les arbres. Le long de la berge, un homme tire un bateau. Dans le fond, des maisons et une église. A droite, des arbres. Une barque vide flotte sur la rivière.

Signé en bas à droite.

Toile. **Haut., 38 cent. ; Larg., 46 cent.**

Sisley

Moret

SOROLLA Y BASTIDA

47. — Portrait de Coquelin Cadet.

... Il est représenté, dans un jardin, assis sur un fauteuil de paille, en train de feuilleter un album posé sur une table. La rosette de la Légion d'honneur fait une large tache rouge sur son veston clair.

Signé en bas à droite.

Toile. Haut., 78 cent. ; Larg., 95 cent.

SOROLLA Y BASTIDA

48. — Portrait de Coquelin Cadet.

Signé en bas à gauche. Daté 1906.

Toile. Haut., 46 cent. ; Larg., 55 cent.

SOROLLA Y BASTIDA

49. — Venise.

... Un canal sur lequel voguent des gondoles, avec des palais dans le fond.

Signé en bas à gauche.

Bois. Haut., 24 cent. ; Larg., 33 cent.

THAULOW

50. — Dieppe.

... Le long de la mer, les lampions allumés à l'occasion du 14 Juillet, font de larges taches de lumière, jaunes et rouges, qui se reflètent dans l'eau.

Signé en bas à droite. Daté 1878. *Dédicace.*

Bois. — Haut., 32 cent. ; Larg., 40 cent.

VAN BEERS

51. — Femme couchée.

Signé en bas à gauche.

Bois. — Haut., 11 cent. ; Larg., 18 cent.

VUILLARD (E.)

52. — Cannes.

... Au premier plan, à gauche, on voit des palmiers et, à droite, deux maisons accotées. Derrière la mer, sur laquelle voguent des barques, on distingue les hauteurs de l'Estérel.

Signé en bas à droite.

Carton. — Haut., 23 cent. ; Larg., 24 cent.

VUILLARD (E.)

53. — Fleurs.

(Voir la reproduction)

... Sur une table est placé un vase de grès, contenant des fleurs et du feuillage. A gauche, des draperies jaunes.

Signé en bas à droite.

Bois. — Haut., 49 cent.; Larg., 61 cent.

E. Vuillard

Procédé Bernheim Jeune

Fleurs

VUILLARD (E.)

54. — Place du Palais-Royal.

... C'est le soir. Les monuments sont très éclairés. Au fond, à gauche, les arcades de la Comédie-Française.

Signé en bas à gauche.

Carton. — Haut., 30 cent. ; Larg., 40 cent.

VUILLARD (E.)

55. — Intérieur.

... Dans une salle à manger, une femme en corsage rouge est en train de déjeuner. A gauche, un fauteuil de tapisserie. Des tableaux sont pendus le long des murs.

Signé à droite.

Bois. — Haut., 48 cent. ; Larg., 60 cent.

VUILLARD (E.)

56. — La couturière.

... Une femme, en tablier blanc, assise auprès d'une fenêtre, est occupée à coudre. Son ouvrage est posé sur une table, en face d'elle.

Signé E. V. en haut à gauche. Daté 92.

Toile. - Haut. 26 cent. ; Larg. 17 cent.

ZORN

57. — Portrait de Coquelin Cadet.

(Reproduction à la couverture)

Signé à droite.

Toile. - Haut. 117 cent. ; Larg. 80 cent.

D É S I G N A T I O N

AQUARELLES & PASTELS

CARL-LARSSON

58-59. — Le potager — Les coquelicots.

Deux aquarelles signées en bas à droite.

Haut., 65 cent. ; Larg., 45 cent.

CAZIN (J.-C.)

60. — La fonte des neiges à Equihen.

... Un terrain vallonné, en partie recouvert de neige, avec une brouette renversée. A droite, une bande de corbeaux fouille la terre.

Pastel signé en bas à gauche.

Haut., 53 cent. ; Larg., 64 cent.

DAGNAN-BOUVERET

61. — Portrait de Coquelin Cadet.

Pastel signé en bas à gauche. Dédicace.

Haut., 96 cent.; Larg., 55 cent.

DUEZ

62. — Coquelin Cadet, rôle de Jack Spleen de l'*Anglais ou le Fou raisonnable.*

Pastel signé à gauche.

Haut., 63 cent.; Larg., 49 cent.

FORAIN (J.-L.)

63. — Dans les coulisses.

Aquarelle signée en bas à droite.

Haut., 29 cent.; Larg., 21 cent.

JONGKIND

64. — La route.

... A gauche de la route, sur laquelle marchent des gens, une maison entourée de murs, ombragée par des arbres. A droite, un pavillon et des terrains cultivés. Le ciel est nuageux.

Aquarelle signée en bas à droite. Datée 26 oct. 79.

Haut., 21 cent ; Larg., 35 cent.

LEMAIRE (MADELEINE)

65. — Coquelin Cadet dans le rôle d'Agnelet de la *Farce de Maître Pathelin.*

Pastel signé en bas à gauche.

Haut., 93 cent. ; Larg., 71 cent.

LÉVY-DHURMER

66. — Portrait de Coquelin Cadet.

Pastel signé en haut à droite.

Haut., 45 cent. ; Larg., 37 cent.

LHERMITTE

67. — Idylle.

... Dans les blés, couchés par le vent, deux paysans s'embrassent à l'ombre d'un grand arbre. En arrière, des terres cultivées.

Pastel signé en bas à gauche.

Haut., 24 cent. ; Larg., 34 cent.

THAULOW

68. — Rue de village, le soir.

... A gauche, le long d'une route sur laquelle une femme marche, la porte et les bâtiments d'une ferme. Dans le fond, une maison avec une fenêtre éclairée. A droite, des remblais avec une haie.

Pastel signé en bas à gauche. Daté 97. Dédicace.

Haut., 40 cent. : Larg., 55 cent.

WALDECK-ROUSSEAU

69. — Boulogne.

... L'entrée du port, avec la jetée de pierre à gauche. Des barques et un voilier glissent sur l'eau.

Aquarelle signée en bas à droite. Datée 1894. Dédicace.

Haut., 52 cent. : Larg., 69 cent.

D É S I G N A T I O N

DESSINS & DIVERS

CAZIN (J.-C.)

70. Reclozes.

Signé en bas à droite.

Haut., 28 cent. ; Larg., 21 cent.

FRIANT (E.)

71. La mort de Cyrano.

... Cyrano, l'épée à la main, repousse la mort qui fonce sur lui.

Signé en bas à droite. Daté 1899.

Haut., 42 cent. ; Larg., 62 cent.

FRIANT (E.)

72. — Portrait de M. Millerand.

Signé E. F. en bas à droite.

Haut., 22 cent. ; Larg., 19 cent.

FRIANT (E.)

73. — Portrait d'homme.

Signé E. F. en bas à droite.

Haut., 22 cent ; Larg., 19 cent.

LÉANDRE

74. — Portrait de Coquelin Cadet.

Dessin rehaussé de pastel signé en bas à droite. Daté 96.

Haut., 60 cent.; Larg., 40 cent

LÉANDRE

75. — La descendance des Sully.

Dessin rehaussé d'aquarelle signé en bas à droite.

Haut., 52 cent. ; Larg., 41 cent.

PUVIS DE CHAVANNE

76. — Portrait de Coquelin Cadet.

Signé en bas à gauche. Dédicace.

Haut., 28 cent. ; Larg., 22 cent.

VUILLARD (E.)

77. — *Sous ce numéro seront vendus un Album, des Esquisses et des Dessins.*

WALDECK-ROUSSEAU

78. — Portrait de Coquelin Cadet.

Signé en bas à droite. Daté 97. Dédicace.

Haut., 22 cent. ; Larg., 37 cent

79. — *Sous ce numéro seront vendus différents objets non catalogués.*

D É S I G N A T I O N

Plâtres - Bronze - Terre cuite

CARRIÈS

80. — Gambetta.

Plâtre.

CARRIÈS

81. — Homme coiffé d'un large chapeau.

Plâtre.

ISAÏS (P.)

82. — La Terre.

Terre cuite.

MEUNIER

83. — L'enfant prodigue.

Bronze.

D É S I G N A T I O N

Tapisseries - Meuble

84. — *Sous ce numéro sera vendue une série de dix verdures.*

Tapisseries.

CARABIN

85. Un meuble en bois.

CE CATALOGUE
A ÉTÉ COMPOSÉ
ET IMPRIMÉ A LA
MODERNE IMPRIMERIE
7 & 9, RUE ABEL-
HOVELACQUE,
P A R I S

www.ingramcontent.com/pod-product-compliance
Ingram Content Group UK Ltd.
Pitfield, Milton Keynes, MK11 3LW, UK
UKHW022119260726
13993UKWH00003B/1124

9 782329 289021